風の詩《うた》

速水峰子

Mineko Hayamizu

文芸社

目次

一、盛夏

お義父さんへ

お元気でおすごしでしょうか。私は元気です。

今私がいるところは、海辺の小さな漁村です。中学生のときに遠足で来た思い出の場所です。昔のままの面影が残っていてなつかしくて涙が出るほど感動しました。

ところで、今日のお昼は、地元で買ったあじの干物を焼きました。魚は最高。ここに来て正解でした。小さなアパートを借りたのですが、女のひとり暮らしだと何かと不都合なので、あとから主人が来るとうそをついてなんとか契約しました。悪い女です、全く。六畳一間ですが、海が見渡せて、ぜいたくこの上ないアパートです。何もないから広いです。少しずつ家具もそろえないといけませんが、とにかく今はシンプル・イズ・ベストです。テレビもラジオもなく誰にもじゃまされず、ひとりの生活を満喫しています。

夏の海は、ぎらぎらとまぶしく輝き、つまらない小さなことは忘れさせてくれます。暑い夏が始まります。どうかご自愛ください。

冬子より

冬子さんへ

お便り拝見しました。

冬子さんがこの家を出られ、てっきり実家に帰ったものと思っておりました。しかし、実家の方に連絡をさしあげたところ、冬子さんは、ひとりで暮らす旨をご両親から伺いました。

こちらから連絡をしなかったのは、ご両親から「冬子から連絡があるまでは、そっとしておいてやってほしい」と言われたためです。

しかし、便りがないのは元気な証拠とは言うものの、ことがことであるだけに、大変心配していました。お便りいただき、ほっとしました。元気で何よりです。私も元気にしております。

ところで、私も、冬子さんの真似をしてあじの干物を買ってきました。でも堅くておいしくありませんでした。焼き方が悪かったのでしょうか。

つい、冬子さんと秀雄と三人で食卓を囲んでいたことを思い出してしまいます。

冬子さんも身体には気をつけてすごされますように。

これからも、時折、近況をお知らせください。

義父より

お義父さんへ

こんにちは。お元気ですか？

夜明けとともに起きて、海辺をぶらぶら歩きのんびり帰ってくる、そんな毎日を繰り返しています。平和で穏やかな日常です。なんて幸せなんでしょう。

昨日、バスに揺られて初めてとなりの町まで行ってきました。刺激的なちょっとした冒険でした。ひなびた映画館に入って、『男はつらいよ』を見ました。笑ったり泣いたり、久々に感情が働いているという気がして驚いたり、それと同時に安心したり……ああ、生きているんだと変に納得してみたり……。

帰りに持てるだけ食料を買ったはいいものの、冷蔵庫がないことを忘れていました。失敗。

では、今日はこの辺で失礼いたします。どうかお元気でおすごしください。

(ご迷惑でなければ、こうしてちょくちょくお便りさせてください)

冬子より

冬子さんへ

お便り嬉しいです。迷惑など、とんでもない、元気ですごしていることを知れば、私の気も晴れます。

裏庭のすももが色づき始めました。今年は雨が少ないから甘いことでしょう。たわわに実っている果実を見上げては、ため息をついています。私ひとりではとうてい食べきれません。

そういえば、冬子さんの植えたグラジオラスが真っ赤に咲いています。

義父より

お義父さんへ

今日、砂浜でかにを見ました。あたりまえのことですけど、かに歩きをするのですね。思わず感動しました。私もつられてかに歩きになってしまったくらい。歩くときって、いつも前ばかり見ていますよね。いいえ、本当は何も見ていないのかもしれません。

ところが、かに歩きだと横に横に視界が広がってきて、ふだんと違う視野が開けるようで、なんだかすごく得したような気分になってきました。かにはエライ！　と思わず叫んでしまい、ひとりで笑ってしまいました。かにさんにも聞こえたかな。尊敬に値する生き物だと思います。でも当のかにたちには、こういうことってわかってないのでしょう。でもそういうものですよね、人生というのは。うん？　人生？　それともかに生？

自分の持っているいいものには、なかなか気づかない。

七月生まれのかに座のお義父さんは、ずっと前からわかっていたことなのかもしれませんね。遅ればせながらお義父さんに一歩近づけたこと、感謝します。ありがとう。

今日の私は素直です。海辺にいるせいか、それともこういう環境で暮らしているせいか、自然界の小さなことひとつひとつに感動します。

冬子より

冬子さんへ

かに座の私は、元気です。
早速、私もやってみました。かに歩き。なるほどと感心することしきり。でも決して人前ではできないな。誰もいないときに、こっそりかにになろう。嬉しかったら、泡も吹いてみよう……。
最近やっと冗談も言えるようになりました。冬子さん、どうかお元気で。

義父より

お義父さんへ

いかがおすごしですか。毎日暑いですね。

今日は満天の星空を見上げながらペンを走らせています。星の数ほど幸せがあればいいのにと思います。幸せってなんなのでしょう。本当はきっとそこかしこにあるものなのでしょうね。昼間の星のように見えていないだけかもしれない。ひっそりとそこにあるもの、存在するもの。

私は十二月で三十になります。

私の二倍生きてきたお義父さん、私の二倍以上ものごとを見てきたのですね。喜びも悲しみも私の二倍以上味わってきたのでしょうね。でも、お義父さんは私と違って強いから、悲しいことも辛いこともしっかりと乗り越えていらっしゃる。そして、そのぶん、数えきれないほどの幸せも経験してきたのでしょうね。うじうじ虫の私から見たら限りなくうらやましいことです。

ここでひとつ提案があります。毎晩、同じ時間に同じ星空を見上げることにしませんか。方角には疎い私ですけれど。同じ星空の下で、同じ時間を共有しましょう。そして、いつかまた、秀雄さんとお義父さんと三人でやっていける日が来ますようにと、祈りたいのです。たとえ、星の出ていない雨降りの日でも曇りの日でも。

ところで、秀雄さん、元気にしていますか？　相手の女性……由美さんの赤ちゃんはいつ頃生まれるのでしょうか。赤ちゃんには、幸せになってほしい。いつもころころ笑っている赤ちゃんでありますように、そう思うように努めています。だって、子供には罪はないのですもの。

それでは、夜空を見上げることをお忘れなく。毎晩十時でどうですか？

冬子より

冬子さんへ

こんにちは。私は元気でやっています。

星空など、ここのところ見上げるのを忘れていました。宇宙の彼方、遠くで瞬いているからこそ美しいのであって、実際手が届くものであったら、すぐ目の前に見えたとしたら、輝く星もただの塵なのでしょうね。

おや、どうも私は現実主義でいけません。ロマンもマロンもない。だが、栗は大好きだ……こんな駄洒落を言っているようでは、駄目ですね。すみません。

毎晩十時に夜空を見上げることにします。ただ、夜空を見上げるだけではあまりにも味気ないような気がするので。おかげでまたひとつ世界が広がりそうです。ありがとう。

義父より

お義父さんへ

星空、ちゃんと見上げていますか？

今頃見える星って、北斗七星かな。さそり座かな。ごめんなさい。実を言うと私もよく知りません。

ところで、お義父さんにとって、生きていく上で絶対に必要なものとは何ですか？　もちろん、衣、食、住が満ち足りた上での話です。

私は迷わず、鉛筆とノート、それに本をあげるでしょう。

ひとりの時間が増えたおかげで、本をよく読むようになりました。今の愛読書は、三島由紀夫の『金閣寺』です。この村には残念ながら図書館がありません。淋しいです。でも、となりの町には中学校や高校があるので、必ず図書館もあると思います。

明日の朝、早く起きて、探しに行くつもり。楽しみです。

そして、私も星座の勉強を始めてみようかなと思います。

お義父さん、競争ですよ。未知の世界に首を突っ込むことって、なんだかワクワクしてきます。

冬子より

冬子さんへ

毎日、暑いですね。そちらの気候はいかがでしょう。

冬子さんが、元気そうに生活している様子を知ると、何より嬉しいです。

私の大切な三大要素と言えば、夢、希望、金、です。

冬子さんの笑っている様子が目に浮かびます。ロマンもない平凡な、それももう若くはない男が何が、夢だ、希望だ、と言われてしまいそうです。

でも、どんなに年を取っても時には夢も見るし、希望もある。逆に泣きたいときもあるのです。

冬子さんに逢って、いろいろお話をしたいと思いますが、やがてふさわしいときがくるでしょう。今は、お互い、ひとりで自分を見つめるいい機会なのでしょう。ひとりの時間を大切にしましょう。
どうか夏バテなどされませんように。

義父より

お義父さんへ

お義父さんこそ、夏バテしていませんか?
私は暑さに負けず元気にしていますよ。この土地にもだいぶん慣れてきました。
今日は、海岸で風の声を聞きました。お義父さんは聞いたことありますか。
言葉にするのはむずかしいのですが、確かに風には声があると思います。

海辺の風の音は、いつも激しいのに、私が聞いたのは穏やかなやさしい音色でした——そよそよ、さわさわ、ひゅうひゅう——と。波も穏やかでした。そして、私の心も満ち足りていました。

ここでひとつ、大切なことを発見しました。

何事も和やかな気持ちで接するということ。

そうすれば相手にも必ず伝わるということ。簡単なようで、とてもむずかしいことです。でも、やはりいちばん大切なことだと思います。

お義父さんも耳を澄ませて風の声を聞いてみてください。

冬子より

冬子さんへ

海の風に吹かれてすっかり元気になったようですね。

風の声——冬子さんの言うこと、よくわかります。

心を真っ白にして、もっと自然を味わってみたいと思うようになりました。せっかくの夏です。太陽の声、雨の声、大地の声、星の声、耳がいくつあっても足りないと思うほど、この世界はさまざまな音に満ちている。

音だけでなく、色と匂いにも。そして、みんな一生懸命、生きているのですね。そう、自分の力でね。

どうかいい夏をすごしてください。

元はと言えば、赤の他人であった私たちが縁あって同じひとつ屋根の下で暮らすようになって、冬子さんから実にたくさんのことを教えてもらいました。その余韻を残しながらもまた、ひとりの生活が始まってしまいました。自然の中にひとりになって身を委ね、どっぷりとつかって自問自答するいい機会を与えてくれたと思うようにします。

冬子さんも頑張ってください。

秀雄にもこういう思いがほんの少しでも伝わってくれたら救われますが……。

お義父さんへ

生きていくことのむずかしさ、本当に考えてしまいます。答えが見つからないままに、どうして生きるのでしょう。もがけばもがくほど答えらしきものは沈んでいくような気がします。

ひょいと手のひらに乗せて、なあんだこれが答えかと言えたらいいのにと思います。

義父より

でもそんなに簡単なものであったら、おもしろくもなんともないのでしょうね。永遠のテーマだと思います。お元気で。

冬子より

冬子さんへ

元気でやっています。ひとりにもだいぶ慣れました。

私は、来年六十歳になります。今までの人生を、改めてしみじみと振り返ってしまう年代でもあります。

今日は、私の話を少し聞いてください。

私は幼い頃に父を病気で亡くし、母と、私と弟と妹が残されました。三人の子供を抱えてがむしゃらに働く母を私はずっと見てきました。自分のことはもちろん、弟と妹が立派に成人するまでは、母を助けなければと私も懸命に働きました。残された家族四人で力を合わせて頑張って生きてきたのです。

私は奨学金で大学に進学し、それなりの会社に就職することができました。時は折しも、高度経済成長時代。仕事はいくらでもありました。やがて、会社の上司の紹介で妻と知り合い、結婚しました。間もなく息子の秀雄にも恵まれました。すべてが順風満帆かのように見えました。

当時は世の中全体が、妻は企業戦士たる夫を支え、家庭を守るべし、という風潮で、私は秀雄が生まれたあとも、ほとんど家庭を顧みることはなかったように思います。早くに父を失った私は、いい父親になりたいと思っていたのも真実ですが、現実には家庭のことはどうしていいかわからず、何もかも妻に任せきりでした。

でも、ひとり息子の秀雄は本当に可愛いかったのです。秀雄が生まれ、私は幸せの中にどっぷりつかっていました。

ところが、元気だった妻が、ある日突然、クモ膜下出血で呆気なく亡くなってしまったのです。四十歳という若さでした。秀雄がちょうど高校に入学したばかりの頃です。

私は茫然自失となりました。仕事にばかりかまけ、家庭をおろそかにしてきた罰が下ったのかもしれないと思いました。しかし、それも家族を思えばのことだったのです。こんなことになってしまっては、単なる言い訳にすぎないのかもしれませんが。

妻は幸せな人生だったのだろうか？

私は何度も繰り返し思いました。暮らしに不自由させた覚えはありませんが、仕事、仕事で、あまりいい思いもさせてやれなかったと、後悔の念があとからあとから湧いてくるのです。

でも、感傷にひたって泣いている場合ではありませんでした。私には秀雄がいる。亡くなった妻のためにも秀雄を立派に育てようと決意を新たに頑張ったのです。その頃は、母もまだ健在でしたので、秀雄はおばあちゃん子でもありましたし、面倒を見てもらいました。ありがたいことに秀雄はやさしく思いやりのある子に育ってくれ、大学も無事卒業しました。

すっかり成人して社会人となった息子が、嫁さんにしたいと言って冬子さん、あなたを連れてきたときはどんなに嬉しかったことか。

残念ながら、母は秀雄の結婚を待たずして亡くなってしまいましたが、それだけに、私はひと際嬉しかった。天にも昇る気持ちだった、と言うと大げさに聞こえるだろうか。

それが、まさかこういうことになるとは……想像もできませんでした。冬子さんにはどう償えばいいのか未だにわからないのです。秀雄は由美さんと一緒になると決めたわけではない。だから、何もここを出て行くことはなかったのに。

家族が少しずつ消え、私は今ひとりです。これからの人生をどうやって生きていくべきか、考える日々です。

夏の夕暮れの、セミの声が妙にせつなく身に染みます。

（すっかり長くなってしまい、すまない。愚痴だと思って、読み流しておくれ）

義父より

お義父さんへ

お手紙、何度も読み返しました。

秀雄さんからは聞いていたことですが、こうして改めて読ませていただくと、胸に迫るものがあります。

私などには計り知ることのできないご苦労を、若い頃からされていたのですね。

ご心配をおかけしたことは申し訳なく思いますが、お義父さんの反対を押し切って家を出てしまったこと、後悔していません。ここでずっと暮らしたらいいと言ってくれたお義父さんの言葉は、ありがたかった。でも、自分の気持ちに余裕がなかったのです。秀雄さんとの思い出が染みついたあの家で生活することは、どうしても耐えられなかったのです。

悔しいと言っては泣き、情けないと言っては泣き、泣き尽くしました。だから、私の涙は全部あの部屋に置いてきました。そのおかげで、あれだけ荒れ狂った私の気持ちは、うそのようにすっかり落ち着いて、今では凪いでいます。

もう泣いていません。安心してください。

などと、強がりを言っている私ですが、また泣きたくなることがあるかもしれません。でも私の泣き声、お義父さんには届きませんように。

冬子より

冬子さんへ

読んでくれてありがとう。

泣きたいときは泣けばいいのですよ。時には我慢も必要ですが、いつも自分の気持ちに正直であってほしい。素直さを表に出して胸を張って生きていってほしいのです。

でも、冬子さんにはやはり笑顔が似合います。できれば、いつも笑っていてほしいと願っています。

義父より

お義父さんへ

どうすごされていますか？
人は涙を流したぶんだけ幸せになれるのでしょうか。本当にそうなら、思いっきり泣きましょう。涙の海を作って泳ぎながら生きていく……でも、そうしたら、幸せどころか苦しくて溺れてしまうでしょうね。ほどほどに泣くことにしましょう。

冬子より

冬子さんへ

今日はこんなことを思いました。

人それぞれ価値観が違いますが、心が和んだ瞬間を大切に胸に焼きつけておいたら、その余韻が残るのではないでしょうか。ほんの些細なことにでも喜びは必ずあるものです。例えば、旨いものを腹いっぱい食べたときの幸せ。人知れずひっそり咲いている野菊を見つけたときの喜び。

幸せはいくらでも転がっていると思う。

私は、この年になってようやくそんなことを思えるようになりました。もう、定年も間近だからでしょうか。頑張って走りつづけることだけが、人生ではない。時折、立ち止まってみることも必要なのですね。

そう、冬子さんのように。少し離れたところから、応援しています。

義父より

お義父さんへ

ひとりの毎日はどんな日々ですか。

私も、ここでひとりで暮らすようになって、少しだけ大人になりました。

今思えば、秀雄さんとの生活、求めるばかりだったのかもしれません。

　やさしさをください。

　ほほえみをください。

　笑顔をください。

　愛をください。

　幸せをください。

私は、秀雄さんにどれだけのことをしてあげられたのか？　持ちつ持たれつ、ギブ・アンド・テイクですよね。相手を思いやりたいとせつに願います。つまずいて転んでも、ちゃんと起き上がれるように。ひとつやさしさをもらったら二倍にして返したい。

まわりの人もみんなみんな幸せになれますように。

そして、お義父さんも。

冬子より

冬子さんへ

元気でやっていますが、今ひとつ心に張りのない毎日です。

冬子さんは、ずいぶんと明るく、そして強くなりましたね。

そうです、冬子さんの言うとおり、やさしくされて怒る人はいないでしょう。

ただ、決して押しつけにならないように。度を越すとひとりよがりのうぬぼれになってしまいます。これは、自らの反省も含まれているのです。一緒に暮らしている頃、私は冬子さんにそんな態度を取っていなかったかと。

人間とは、まことに勝手なものです。やさしさのつもりが、誤解を招くこともあります。いずれにしても、素直な心、謙虚な心を持ちつづけたいと思います。

義父より

お義父さんへ

お変わりありませんか？

明け方、こんな夢を見ました。

朝早くからアパートのドアをノックする音がしたので、急いで玄関を開けました。そこには、お義父さんが立っていました。

「あっ、お義父さん！」

でも、次の言葉が出ません。お義父さんも何か言いたそうなのですが、黙ったままでした。お互い、しばらく見つめ合っていました。

どれぐらい夢の中でそうしていたのか、ほんの一瞬の出来事だったような気がしますが、残念なことにそこで目が覚めてしまいました。

ガッカリしたのも本当ですが、正直言うと、ああ夢でよかったと胸をなでおろしました。こんな夢を見るということは、なんなのでしょう？

私は、お義父さんや、何より秀雄さんに迎えに来てほしいのでしょうか。

それが自分でもわからないのです。

冬子より

冬子さんへ

残暑も厳しく少々バテ気味ですが、なんとかやっています。

私が冬子さんの夢に登場したのですね。そうです、私は冬子さんに戻ってきてほしいと思っています。本当は迎えにも行きたいのです。その思いが伝わったのでしょうか。

しかし、冬子さんの気持ちに整理がつくまでは、こうしてじっと待つべきなのでしょう。こういう時間も必要なことだと思うのです。

秀雄も、まだ冬子さんときちんと向き合う覚悟ができていないのだと思う。でも、そのときはきっとやってくるはずです。それまで待っていてやってください。

義父より

二、晩夏

お義父さんへ

バテ気味とのこと、気になります。ビールを飲みすぎず、好きなそうめんばかり食べずに、栄養のあるものをしっかりとってくださいね。

と言う私も、あまり偉そうなことは言えません。ひとり身の気楽さから、ついついインスタント食品に頼りがちです。お義父さんもよくご存じのように、この季節は苦手です。お義父さん、秀雄さんと賑やかに食卓を囲んでいた頃がなつかしく思い起こされます。

海水浴で賑わっていた海辺もだんだん人が少なくなりました。あれほどうるさかったセミの声もほとんど聞こえてきません。もう夏も終わりですね。

私が家を出てから、知らぬ間に五カ月の月日が過ぎていきました。静かに穏やかに何事もなかったように時が流れています。このまま逆らわず、素直に流れ流されていこうと思います。

先日、夜明けに海辺を散歩していたとき、顔見知りの近所の方に会い、なんとなく世間話をしました。漁船に乗っている人です。そのうち、朝の二、三時間、仕事を手伝ってもらえないかという話になりました。水揚げされたばかりの大小さまざまな種類の魚を選り分ける仕事です。
　嬉しくて、その日から仲間に入れてもらいました。威勢のいいお兄さんやおばちゃんたちに囲まれて楽しく働いています。わずかな賃金と残った魚と、そして何より、元気をもらって私の一日が始まります。なんて幸せでしょう。しばらく忘れてしまっていた笑顔も取り戻しました。どうやらこの村に溶け込んでいけそうです。もう少し見守っていてください。

冬子より

冬子さんへ

海辺で明るく働く冬子さんの姿が目に浮かびます。たくさんの元気をもらって、一日も早く昔の冬子さんを取り戻してほしい。本当にかげながら応援しています。

厳しかった暑さもようやく和らいできましたが、身体には十分気をつけてください。秋の涼しさを待ち焦がれながら。

義父より

お義父さんへ

その後いかがですか。体調は戻りましたか？

はるか彼方の水平線から太陽が顔を出してくる様子といったら、それはもう素晴らしく、この世にこの日の出に勝る美しいものはない！　と言い切れます。

神々しい一日の始まり、今日という命の始まり、思わず手を合わせて祈りを捧げてしまいたくなります。こんなにも純粋な気持ちになれるということに気づかせてくれて嬉しい。
生きるということはなんて素晴らしいのでしょう。本当に感謝したい気持ちです。
あの水平線の向こうには何が待っているのでしょうか。
この景色、お義父さんにも見せてあげたいです。

冬子より

冬子さんへ

だいぶん元気になりつつあります。でも、ついビールを飲みすぎてしまうのは、いけませんね。
水平線の彼方から昇る太陽、見てみたいです。きっと、どこまでも追いかけていきたくなってしまうことでしょう。

残暑が厳しいので、冬子さんもどうか元気で。

義父より

お義父さんへ

しばらくごぶさたしてしまいました、ごめんなさい。

実はこちらでいろいろあったのです。

とにかく、興奮しました！　海はすごい。

と書いてもわかりませんね。

「冬子の話はいつもちゃらんぽらんだ」とまたお義父さんに思われてしまいそうなので、順を追って話します。

毎朝、水揚げされた魚を触るのにも、結構慣れてきました。

最初は本当におそるおそる魚をつかんでいたのですよ。だってまだピンピンして生きている魚です。小さいのは平気だけれど、大きな魚は三十センチ以上もあります。ギロリと睨まれたような気がして――魚が人を睨むなんてあり得ないのだけれど――思わず手を引っ込めてしまって。

となりで働いているおばさんに「冬子さんはやっぱり街の人だねえ」と言われてしまいました。

でも、おかげでたくさんの魚を知りました。

今、水揚げされてくるのは、あじ、いわし、たい、かつおなどがほとんどですが、たまにはたこや大きなまぐろが混じっています。そんなに遠くまでは行かない近海漁業らしいのですが、詳しいことはわかりません。はぜとか、かわはぎとかの沿岸に棲む魚もここへ来て初めて知りました。

今まで何気なく、スーパーとか魚屋さんで切り身にした魚を買ってきて、煮たり焼いたりのおかずで、ああおいしかったと過ぎていた日常が、またくつがえされてしまいました。水族館にも何度か行ったことはあるけれど、一体何を見ていたのかしらと考え込んでしまったり……。

その日、そのときを真剣に夢中で生きているつもりでも、ひとりの人間ってなんてちっぽけなのでしょうね。お義父さん。まだまだ知らないことがたくさんあります。

あっ、ごめんなさい。話がそれてしまいました。

……海の中には、本当にたくさんの種類の生き物が棲息しているのですね。魚には魚の世界があるのかなあ、こうして人間に食べられるのわかっているのかなあ、そんなことを考えているうちに、どうしても漁船に乗ってみたいという思いが湧いてきて、思わず大声で言ってしまったのです。

「私も漁に行きたい、連れて行ってください！」と。

自分でも驚きました。どうしてこんな大それたことを軽はずみに言ってしまったのだろうと。

ところが、ここの仕事を紹介してくれた人が、しばらく悩んでいたようなのですが、「よっしゃ、決まり。冬子さんは特別だ、乗せてやるよ。明日、午前二時集合。時間厳守だ。一分でも遅れたら放っていく。寒いから風邪ひかないようにしっかり着込んでこい」と言ってくれたのです。

というわけで、ここ一週間こういう生活が続いているのです。

今夜も明日に備えて、もう休みます。

漁船の話は、また追って書きます。

冬子より

冬子さんへ

ビールを控えめにしつつ、元気にしています。

冬子さんの便りを何度も読み返しています。ここのところ、しばらく便りがなかったので、心配していました。もう、こちらのこと、忘れてしまったのではないかと。元気そうで安心しました。

それより何より頑張っている様子、嬉しく思います。私の知らない世界にどんどんと足を踏み込んでいく冬子さんの若さをうらやましく思います。若いということは貴重です。なんでも体験して器の大きな、たくましい女性になってください。

漁船か……私も一度乗ってみたいものですが、みなさんの足手まといになるだけでしょうね。次の手紙、楽しみに待っています。

義父より

お義父さんへ

お待たせしました。今日は前回の続きです。

さて何から書こうかしら……などと書くと、呑気なように思われるかもしれませんが、実を言うと頭の中、いいえ、身体中がパニック状態なのです。

漁船に乗るのは生まれて初めての体験。見るもの、聞くもの、何もかも目新しく、海に滑り出したときは、なぜだか異様なまでに感動し興奮してしまいました。自分でも得体の知れない感情が渦巻いてしまって。なんでしょう。この海辺の村を選んだのも、偶然のようでいて、何か強い力に引っ張られていたのかもしれません。

船から戻ってきても、うまく自分をコントロールできない状態です。それをこうして文章で表現するむずかしさを、どうかわかってください。夫の帰ってこないあの暗い部屋で、毎日泣いていた私がこうも変われるなんて自分でも驚きます。今はもう後ろを振り返らない。前進あるのみ。

ごめんなさい。前置きが長くなりました。

私を乗せてくれた漁船の話から。

最初に断っておきますが、これはあとから船長の奥さんの依子《よりこ》さんに聞いた話です。

船乗りという仕事はあくまでも男性にしかできない職業です。今でこそ男女平等という言葉が浸透していますが、昔は完全に女子禁制の世界だったようです。陸はともかく、空、海という神聖な場所は男性の世界だったのでしょうね。それを証拠にたまに新聞で見かけたことがあります。女性初のパイロット登場とか、女船長率いる○○丸とかいう記事です。なんの資格も持っていない、その上カナヅチの私（これは内緒の話です）を漁船に乗せてくれるということは本当に大変だったようです。船長さん自ら組合に頼み込んで、「何かあったら一切の責任を取る。船を降りてもいい。とにかく十日間だけ目をつぶってほしい」とまで言ってくれたらしいのです。どうやら私の気まぐれが静かで穏やかな漁村をまるで台風のように直撃したと大騒ぎになったということでした。そう、まちがいなく私は、漁村に水揚げされた風変わりな時の人として有名になったのです。

話を元に戻しますね。

船長さんは健太さんといって、私と同い年です。前にも書きましたが、私を仕事に誘ってくれた人です。同級生だったという奥さんの依子さん、三歳の男の子の広海《ひろみ》くん、生まれたばかりの女の赤ちゃんの望海《のぞみ》ちゃんの四人家族（子供たち、ふたりとも素敵な名前ですよね)。健太さんは、口は荒っぽいけれど、すごく温かくて頼りがいのある人。彼はとなり町の高校を卒業して、二年間水産関係の専門学校で勉強したそうです。それから、お父さんと同じ漁船に乗ってしごかれながら一人前の漁師になり、家業を継いだということです。海の男そのものです。きっと前世も、海に揉まれていたに違いありません。それぐらい、海が似合うのです。自分に自信と誇りをもっている人はまぶしいです。

ここで少し依子さんの実家について触れますね。

彼女は、海辺の小さな温泉旅館の長女です。毎朝、獲れたての魚を配達してくれる健太さんと知り合い、いつの間にか交際するようになったということです。彼女は高校を卒業して調理師の資格を取るため学校に通いながら、家業を手伝っていたそうです。そういう環境で育っているので、よく気がついて働き者、おまけに和服が似合う日本的な美人です。

最初は、健太さんの家に同居という形で嫁いできたのですが、実家が忙しいときはいつも駆り出されて健太さんの家と実家の間を行ったり来たりの往復で気が休まらなかったそうです。それで両家の中間地点にアパートを借りたということです。

本当のところは、ふたりきりになりたかったから、と話してくれました。どっちの家に転がっても似たような家業に振りまわされるという生活は、私には全く想像できません。

生まれた境遇、育った環境というものは、こうまで人生を左右するのですね。改めて考えてしまいます。

船長の健太さんと依子さんの話はこの辺でさておき、今度は漁船「健太丸」の登場です。沖合漁業用の長さ十五メートルくらいのモダンな船です。大きな地曳き網が積んであります。船の前の方に下に降りる階段があって、そこを降りていくと四畳半ほどの畳の部屋がありました。簡単な流しと水道、それにカセットコンロまであって十分生活できそうです。もちろんトイレもあります。さすがにお風呂はないけれど。健太さんのお城だそうです。私も、畳の上にゴロンと横にさせてもらいました。畳の上なのに、ゆらゆら揺れて不思議な気分、それはもう魚になったみたいです。えっ、何？　そう忘れていました。私は正真正銘のカナヅチでした。ああ、魚でなくてよかった。私は人間社会の大海原においても器用に泳ぐことができない、不器用なカナヅチです。魚はみんな上手に泳ぐことができるんですね。

改めてお魚さんに脱帽。

話がそれてしまいました。今日のところは、とりあえず、これで終わります。

冬子より

冬子さんへ

楽しい報告をありがとう。

世の中には本当にいろいろな職業があるけれど、生身の身体を張って生きていく職業は大変だと思う。私はずっと会社員だったし、冬子さんの実家のお父様も銀行員。どんなに偉くなっても、企業の中の歯車的な役割にすぎません。農業、林業、畜産業、水産業、建設業、サービス業、飲食業……人間が生きていく上で一体どれだけの職業が必要とされているのでしょうか。それこそ冬子さんの言うように、人間社会の中でうまく泳いでいくことは大切だと思う。

でも、人は決してひとりでは生きられないものです。うまく泳げなくて溺れかかって助けられたり、逆に溺れかかった人を助けたり。

自然の中で、人間の中で、うまく調和を保ちながら真正面を向いて生きていくこと、これこそが私の考える人生の課題だと思うのです。

義父より

お義父さんへ

夏の名残りも波にさらわれてしまったのでしょうか。浜辺はひっそりとしています。

　昨夜、村でお祭りがありました。健太さんや依子さんたちに誘われて行ってきました。色とりどりの浴衣を身につけた娘さんたちを見ていたら、なんだか急にもの悲しくなってしまって……秀雄さんとお義父さんと三人でよく行きましたよね。秀雄さん、金魚すくいが上手だった。私の浴衣、もう袖をとおすことはないのかしら。あっ、ごめんなさい。また後ろを振り向いてしまいました。

　お祭りには健太丸の乗組員や家族の方たちが全員集合しました。

　ここでみなさんを紹介します。

　まず、健太さんのお父さん、友蔵さん六十一歳。お義父さんより二歳年上です。友蔵さんもまさに海の男といった風情ですが、六十歳の還暦をもって現役を退き、船長の役割は、長男の健太さんに譲りました。そして、友蔵さんの奥さん、つまり健太さんたちのお母さんの春恵さん、五十八歳。控えめながらも、海の男を支えてきた芯の強さが感じられる方です。

　それから、健太さんの弟、亮太くん、二十七歳。独身です。思いやりがあってやさしい人です。それから亮太くんの友人の栄次さん、二十七歳。新婚ホヤホヤだそうです。

以上、健太丸の乗組員は、友蔵さん、健太さん、亮太くん、栄次さんの四人というわけです。みんないい人ばかりです。こんなにも恵まれた環境の中で生きていけることは、本当に幸せです。幸せを測るモノサシがあればいいのにと本気で思ってしまいます。幸せの単位を発明して有名になってやろうと真剣に考えています。

今も、お祭りの打ち上げ花火の余韻が残っています。みんなでワイワイ言いながらほおばったたこ焼きもおいしかったし、りんごあめもおいしかった。

私は相変わらずほんのわずかのことで、こんなにも心がほのぼのとしてしまって、根っからのおめでた人間ですね。自分でも認めます。

冬子より

冬子さんへ

漁村のお祭りの様子が目に浮かんでくるようです。

こちらでは、玄関の靴箱の上に置いてある水槽の中で金魚が三匹、元気に泳いでいます。

冬子さん、覚えていますか？　いつだったか忘れてしまったけれど、夏祭りに秀雄がすくったものです。

ワキンが二匹と黒いデメキン一匹。すぐ死んでしまうと思っていたのに予想外に元気でした。特に黒いデメ（私がつけた名前）が元気でね、ずいぶん大きくなりました。今も水面に出てきて口をパクパクさせて、エサを食べている。あとの二匹は、おいとか、キンとか適当に呼んでいます。愛情を持って育ててやれば可愛いものです。今では私の大切な家族となりました。

冬子さんの幸せそうな笑顔を想像して、私の心までほんわり温かくなりました。その幸せがするりと落ちないよう、しっかりとつかまえておくことです。

ただ、何が幸せで何が不幸せなのか、どこからが幸せでどこからが不幸せなのか、その基準がなんなのか、どこなのか、わからなくなることがあります。

要するに、喜びと悲しみはいつも背中合わせに存在していて常に押しくらまんじゅうをしているような、そんな感じかな。押したり押されたり……。もちろん人によって価値観が違うし、紙一重のところでたくさんの人々の感情が複雑にうごめいている。でも誰だって幸せの方に浸りたいはずじゃないか。いま、そんなむずかしいことは考えないでとにかく笑っていようか、とも思うのですが、現実はそうもいきません。

とにかく、今は冬子さんが明るく元気でいることを祈るばかりです。

義父より

お義父さんへ

いつの間にか秋の気配です。ギラギラ照りつけていた強い日差しが、少しずつ少しずつ丸みをおびて優しくなりました。まるで太陽も疲れてしまったかのようです。夏の終わりは、なんとなく儚《はかな》いようなもの悲しいような、感傷的になってしまいます。

今朝の漁は今までで、いちばん感動的でした。はるか彼方の水平線をつき破って一日の始まりを知らせてくれる朝日が顔を出し、あたり一面茜色に染まった頃、それを浴びてキラキラ輝く魚の群れ。

あまりの美しさに涙ぐんでしまいました。この感動はどんな言葉を使っても表現できません。私たち人間も太陽の光を浴びてこんなにも輝くことができるのでしょうか。もっと自信をもって輝いていたいと切実に思ってしまいます。

「夏も終わりだ。冬子さん、この光景をよーく見ておけ。わしらにとっても、これからの漁はきつくなる。明日からは仕分け作業をまた頑張ってくれ」

と友蔵さんは言いました。

貴重な体験をさせてもらった上に、こんなにも感動を与えてもらって、感謝、感激です。

冬子より

冬子さんへ

元気でやっている様子を手紙で読むだけで、私も元気をもらえるような気がします。私の知らない世界でたくましく生きている冬子さん。頼もしく思っています。今のうちに、たくさんの経験を積んでください。

実はお知らせしなければならないことがあります。

由美さんに子供が生まれました。女の子で「夏美」と名づけたそうです。冬生まれの冬子に、夏に生まれた夏美。秀雄が考えたとのこと。なんとも皮肉な気がします。

冬子さんにとっては辛い話かもしれないが、いつか耳に入ることと思い、私から知らせることにしました。

今後、どうすべきか、近いうちに本当に秀雄に会ってみるつもりです。

義父より

お義父さんへ

夏美ちゃんのこと知らせてくれてありがとう。

お義父さんもおじいちゃんになったのですね。この日がやってくることは覚悟していましたから、だいじょうぶです、もうふっ切れました。心配しないでください……と言いたいところですが、実は昨夜、こんなことがありました。

昨日の夕方、近くのお店に買い物に行った帰り、依子さんにばったり会いました。広海くんと望海ちゃんも一緒でした。望海ちゃんをだっこさせてもらいました。赤ちゃん特有の甘い香りがしました。ぷよぷよしたほっぺとかお尻の肌のぬくもりが私にじかに伝わってきて、なぜか急に人恋しくなってしまいました。そうしたら夏美ちゃんのことを思い出してしまい、突然、熱いものが込み上げてきたのです。

泣くまいと思って必死で歯をくいしばり、空を見上げたら、茜色の夕焼けを背景にたくさんの鳥が群れをなして飛んでいく姿がありました。途端に涙が出てきて、ところかまわず泣いてしまいました。郷愁を感じたのでしょうか。それともただ単に泣きたかっただけでしょうか。

依子さんは驚いたらしく、「とりあえず、うちへいらっしゃいよ」とやさしく声をかけてくれました。

「今夜は健ちゃん、寄り合いで遅くなるから一緒にごはん食べましょう」

と夕飯をごちそうになりました。依子さんの作ったハンバーグといわしのつみれ汁の、温かくておいしかったこと。大勢で囲む食卓が嬉しくて、またまた泣いてしまいました。

「今日の冬子さん、変よ。何かあったの、どうしたの？」と依子さんに迫られて、私は今までのいきさつを洗いざらいぶちまけてしまいました。夫に愛人がいて、彼女との間に、子供が生まれた……ということまでも。胸のつかえがすっかり取れてしまい、すごく楽になって、またメソメソ泣いてしまいました。依子さんも泣いていました。

そして、「実は私も……」と依子さんからも、あることを打ち明けられました。

依子さんの話は、健太さんの弟の亮太くんのことです。亮太くんは依子さんのことを姉さんと慕っていたらしいのですが、それがとんでもないことに……。

夫の弟である亮太くんとあやまちをおかしてしまい、望海ちゃんはまちがいなくそのときの亮太くんの子供だと言うのです。もちろん夫を愛しているけれど、それ以来、亮太くんとはぎくしゃくしてしまい、お互い気になって仕方ない。私はどうしようもない淫乱女だ。何も知らない夫に申し訳ないし、でも本当のことは絶対に誰にも打ち明けられない、苦しくて苦しくて……と。

私はただ驚いてしまってなんと言っていいのやら言葉が見つからず、ふたり抱き合ってオイオイ声を上げて泣いてしまいました。

今度は、私が「依子さん、本当に苦しかったのね」と言いました。父親が違うかもしれぬ兄妹が仲良くむじゃきに積木のお家を作って遊んでいる姿を見ると、なんとも言えない複雑な気持ちになりました。

どこの夫婦も家庭も、外からだと幸せに見えるけれど、いろいろなものを抱えているのですね。

本当に生きていくことのむずかしさをしみじみと考えた晩夏のむし暑い夜でした。

冬子より

冬子さんへ

その後も依子さんとは仲良くやっていますか。

昨晩、夕飯を早めにすませてひとり縁側に腰かけて、この夏最後の打ち上げ花火を見ました。この町もどんどん家が増えて人口も増えつつあるけれど、高い建物がないので、花火はよく見えます。

打ち上げ花火と言えば、冬子さん、覚えていますか？

私が知人からの受け売りで、花火を見ながら、こんな話をしたときのことです。ドーンと上がって消えるまでの間に光の尾が見えるのが「菊」、肉眼で見たとき、最初から点に見えて広がっていくのが「牡丹」と私が話すと、冬子さんは「絶対に菊の方がきれい」と言いました。するとふだんは、無口な秀雄が「絶対に牡丹だ」と反論したでしょう。ふたりともいつになく頑固で譲り合わず、そんなことが発端でいつの間にか、喧嘩を始めてしまったのですよ。それだけならまだしも「花火の話を始めた父さんが悪い」と、私までとばっちりをくったのでした。

その上、その日の夕飯は私が作る羽目になってしまいました。花火を見るどころか、三人で黙って気まずい思いをしながらそうめんをすすりましたね。過ぎてみると、そんななんでもない、むしろつまらないことが今いとおしく思い出されるのです。思い出ばかり追いかけて感傷にひたっている場合ではないのでしょうが、それが今の私の心境です。

冬子さんの手紙を読んでいるうちに、秋の訪れを感じました。晩夏の涼風に誘われて人はみな、しみじみとした気持ちになってくる。なんとも不思議です。この世は大いなる力で操られている。その力の中にすっぽり身を委ね、むずかしいことは考えずに自然に流れ流されていく。そんな時期もあっていいのかもしれません。

人生の岐路に立ったとき、冬子さんは何を基準にして道を選びますか？

損得？　善悪？　損得は他人と比較する人間のソロバンだと思います。とすると、善悪は良心に問いかけるモノサシというところでしょうか。

最も大切なことは、どこへ進むかという方向です。正しい意志を持ってまっすぐ一歩一歩確実に進んでいきたい。いろいろな壁にぶつかるかもしれないが、強くたくましく乗り越えていってほしい。時にはぶつかったままで立ち止まることも必要だ。二、三歩後戻りをすることもあるかもしれない。そうすればきっと何かが見えてくるはずです。

義父より

三、初秋

お義父さんへ

先日のお便り、なつかしく思いながら読みました。そんな些細なことで喧嘩をしていたこともあったのですね。

今日は朝の仕事が終わって、ふらりと出かけることにしました。本当にあてもなくふらりと。澄みきった秋の空に背中を押されたのかもしれません。梅干入りのおにぎりを作りました。依子さんを誘おうかとも思ったのですが、今日はひとりで出発することにしました。

あれ以来、彼女とは無二の親友になりました。なんでも話せる友だちとは、かけがえのないものです。まさかこんな場所で親友ができるなど、夢にも思っていなかったので余計に嬉しいのです。大きな収穫です。

でも、こうしてお義父さんに便りを書いていることは、なぜだか内緒にしています。お義父さんと私だけの秘密にしておきましょう。

久しぶりに電車に乗りました。ローカル線の鈍行です。その鈍行列車というのは、さすがに平日のお昼前だけあってガラガラとはいえないけれど、ほどよく空いていました。

くたびれた背広の営業マンらしき中年男性、菜っ葉の束を身体が見えなくなるほどに抱え込んだ行商風のおばちゃん、愛くるしい乳飲み子を抱いた若い茶髪のお母さん……誰もみな、それぞれの人生に揺られながら四角い箱の中に乗り込んできたり、降りていってしまったり……同じ箱の中で同じ時間を共有しながら……人生とはこういうものでしょうか……。

海岸線を通っていたかと思うといきなり山の中に入って長いトンネルだったりと、興味津々のひとり旅でした。電車に揺られながら、もしかしたらこんな鈍行列車こそが私の人生そのものなのかなと思ったりもしました。二時間ほど揺られて山間の小さな無人駅で降りました。ずっと平静を装っていましたが、胸の内は見知らぬ町への好奇心でいっぱいでした。

その小さな駅は無人だというのに、ちょっとした商店街がありました。一軒の小さなお店で、おばあさんがおせんべいを焼いていました。その香ばしさに釣られて一枚買ってさっそく食べました。なつかしい味がして、とてもおいしかった。おばあさんが黙々とおせんべいを焼く姿、そして人なつこい笑顔がよくて、しばらく見とれてしまいました。キラキラ輝いて見えました。このおばあさんに会えただけで、ここまでやってきた甲斐がありました。こんなにも心を和ませてくれる人って本当にいるのですね。私も年を取ったら、こんなおばあさんになりたいです。

「お嬢さん、よう来なすった。ちょっと先に温泉があるから帰りに入りなせえ」

と、曲がった腰を精一杯伸ばしながら、道順を教えてくれました。

「おばあちゃん、本当にありがとう」

少し歩くと小高い丘がありました。薄紫色の野菊がたくさん風にそよいでいて、その上を無数の赤とんぼがすいすいと泳いでいました。ああ、こんな可憐な風景が欲しかったのだ。海での毎日の生活の中に、こういう感動も織り交ぜることができたら、今まで以上に素晴らしい日常になるんだと、すっかり嬉しくなりました。

見渡す限りの青空、ぽっかり浮かぶ白い雲、山々の緑、そして遠くの方に海も見えて、最高の景色。違った角度から眺める海は、また違うよさがあって格別でした。

人間って、なんてちっぽけなんでしょうね。自然はとにかく大きいと、感動を新たにしました。母なる大地とはよく言ったものです。

おにぎりもおいしかったし、おせんべい屋のおばあちゃんに教えてもらった温泉も、とてもよいところでした。小さな見知らぬ町が、私に大きな秋の一日をプレゼントしてくれました。

お義父さん、私は今、こんなふうに穏やかに楽しくすごしています。

冬子より

冬子さんへ

ローカル線に乗って、ふらりと日帰りの旅。私もそんな小さな旅をしてみたくなりました。

日中はまだまだ暑いけれど、朝、夕は涼しくなりましたね。

日が暮れると、コオロギが鳴くようになりました。もう秋です。

今年の夏は、冬子さんにとって、いろいろありましたが、よい夏だったのではないかと思います。思いきって家を出てよかったのだと思います。私としては、淋しいけれど。

でも、くどいようですが、冬子さん、幸せの青い鳥探しの旅は果たしていつまで続けるつもりなのでしょうか。もう青い鳥はたくさん見つかったのではありませんか。私も離れたところにいますが、手紙を通して十分すぎるほどおこぼれをもらいました。改めて礼を言います。ありがとう。

人間、いやなことがあったら、とにかく行動することだと思いました。うじうじしていても、何も解決しないのです。行動してよい結果が得られなくても、必ず何かが見えてくると思います。不言実行とはよく言ったものです。

私の家のぐるりにも秋がやってきました。田んぼにはいつの間にか、黄金色の稲穂がたわわに実っている。その上を赤とんぼが群れをなして飛び交っている。正確には、秋茜と言うそうです。冬子さんも私と同じものを見て感動しているのですね。もうすぐ赤い彼岸花も咲き乱れるでしょう。

自然の流れの壮大さには、ただただ感動するばかりです。

時の流れに身を任せ、もっと、ひょうひょうと生きていけたらと思う。結局は誰しも、平凡な日常、ありきたりの人生、ありきたりの毎日を営んでいるのではないでしょうか。となりの芝生はよく見えると言いますが、どこもかしこも似たりよったりだと思うのです。たとえお金がなくても、よく見ると目の前に小さな幸せがたくさん転がっています。

季節の変わりめです、体調など崩されませんように。

義父より

お義父さんへ

聞いてください。今日は私にとって大事件がありました。

いつものように、漁港で魚の仕分けの仕事が終わり、残り物の小あじをもらって帰ろうとしているときでした。

今日は久しぶりにごはんを炊いて、小あじの二杯酢にしようと、依子さんに教えてもらった料理のおさらいを頭の中でしていました。すると、亮太くんに呼び止められてハッと我に返ると、私にお客さんだと言うのです。

「そんな人いないはずなんだけどな」などと軽く言いながら、亮太くんの後ろをついていくと、見知らぬ初老の夫婦づれが近くに立っていました。そして、私に深々と頭を下げました。

「あのう、どなたでしょうか」と尋ねると、「由美の両親です」と言われ、びっくりしてしまいました。狐につままれたような面持ちで、とにもかくにもこの村唯一の喫茶店まで、亮太くんに車で送ってもらいました。亮太くんは、私の事情はよく知らないはずです。心配そうな顔をしながらも「俺、まだ仕事あるから」と帰ってしまい、私は小あじの袋を持ったまま、由美さんのご両親と向かい合う羽目になってしまいました。

開店したばかりのその店に入って、とにかく座ろうとしたとき、またふたりそろって深々と頭を下げられてしまいました。

「娘が大変申し訳ないことをしでかしてしまいました。なんとお詫びしてよいやら……」

母親らしき人はずっと下を向いたまま涙ぐんでいました。

私はどう答えたらいいのかわからず、黙ったままでした。

由美さん。私の家庭を壊した人。私の最愛の人を奪った人。私よりも先に秀雄さんの子供を生んでしまった人。私が打ちひしがれて泣いているときに勝ち誇った顔で笑っていた人。私の人生を土足で踏みにじった人。いくら憎んでも憎み切れない人……数え上げればきりがありません。

でも、娘のためにわざわざこんなところまで訪ねてくるなんて、私にとっては憎い人であっても、このご両親にとって、由美さんはかけがえのない娘なのですよね。

お義父さん、私も少しは大人になったのでしょうか。

この半年足らずの間にずいぶん器が大きくなったというのか、自分でも信じられないくらいたくましくなったのでしょうね。うまく表現できませんが、人の痛みが、少しはわかるようになったと思います。

悲しいこともあれば、嬉しいこともある。夏の暑さを知っているから、冬の寒さが待ち遠しい、ということを身に染みて感じるようになりました……ごめんなさい、お義父さん、この期に及んでも私の表現は例のちゃらんぽらんです。うまく言えないのですが、私の思っていること、わかっていただけますか？

とにかく先に進みます。

由美さんのご両親はとてもよい方で救われました。由美さんは、夏美ちゃんを連れて実家に帰ってきたとのこと。

「秀雄さんのことはもちろん愛しているけれど、夏美がいるからもう十分だ。

冬子さんにどう償ったら許してもらえるだろう」、と毎日泣いているそうです。

私は、頭がくらくらして何も考えられなくなりました。いっそ、小あじにでもなって、この袋の中に隠れてしまいたい気分でした。

「とにかく今日のところはお引き取りください」、とご両親に帰ってもらったというわけです。

お父様は小学校の教頭先生なんですね。名刺を置いていかれました。

秀雄さん、私、由美さん。この三人は一体どういう関係だったのでしょう。秀雄さんを頂点に、私と由美さんの心のバランスで鋭角三角形になったり、鈍角三角形になったりしていたのでしょうか。二等辺三角形になったり、正三角形になったりしたときもあったのかもしれませんね。三人で会ったことは一度もありません。

愛だとか恋だとか、そういう感情は一体どこから生じるものでしょう?

人間なんて勝手なものです。どんなに立派な人でも結局は自分が可愛いもの。他人の気持ちまで思いやる余裕なんてないですよね。

自分の非を認める以前に他人ばかり非難してしまう。私はもちろん、秀雄さんも由美さんも三者三様にもう少し、そう、ほんの少し冷静になればよかったのです。今、秀雄さんはどうしているのでしょう。

お義父さん、どうしたらいいのか教えてください。

冬子より

冬子さんへ

本当に申し訳ないです。

実を言うと、先日、由美さんが夏美ちゃんを連れて訪ねてきたのです。

由美さんには、親同士が決めたいいなずけがいるらしく、ずっと故郷で由美さんと夏美ちゃんのことを待っているそうです。そのいいなずけの方は、初めは婚約破棄を望んでいたのだそうですが、思い直してくれたとのこと。寛大な心の持ち主というのか、それだけ由美さんを愛しているのでしょう。

そんな人がありながら、なぜと思うのはよくわかります。

でも所詮、人間の感情などわからないものです。それは、冬子さんの方が十分理解していることでしょう。由美さんに泣かれてしまいました。私もどう言っていいのか途方に暮れてしまいました。

いちばん悪いのは秀雄です。冬子さんも由美さんも両方とも傷つけてしまった。母親を早くに亡くしてしまい、甘やかしてしまったのか、私の愛情が足りなかったのか。しかし、過ぎてしまったことを、今さら言ったところでどうしようもありません。

由美さんと秀雄は、もう完全に終わりにしたらしい。夏美ちゃんは、とりあえず由美さんの実家の方で引き取るという話が進んでいるらしいのです。すべてはっきりと片がついたわけではないので、今後、これからまだまだ問題は出てくると思いますが……。

由美さんには「どうしても冬子さんに謝りたいから」と泣かれてしまい、冬子さんには悪いが住所を教えてしまいました。本当に申し訳ない。でも、さすがに由美さんは冬子さんのところへは、行けなかったのでしょう。で、代わりにご両親が向かったのでしょう。

近いうちに今度こそ秀雄に会ってみるつもりです。冬子さんもやっと落ち着いた頃だというのにまたもや波風を立ててしまい、気が動転しているだろうと心配しています。

でも冬子さんには、何があっても気をしっかり持って堂々としていてほしいのです。きっと時が解決してくれるはずです。

それまでどうか元気でいてください。

義父より

お義父さんへ

私は元気です。安心してください。私も時が解決してくれると信じています。時間というものは本当にありがたいものですね。今まで全然気づきませんでした。毎日同じ方角から日が昇り、雲が流れ、潮が満ち、潮が引き、そしてまた同じ方角に日が沈み、星空の中に月が出て……こんなあたりまえのことが、こんなにもありがたいなんて驚きです。

天体は休むことなく回り続け、時間も止まることなく流れつづける。

始まりも終わりもなく永久不滅なのでしょうね。

そんなことに思いを馳せる今日この頃です。

冬子より

四、秋

冬子さんへ

先日、秀雄に連絡を取ったのですが、どうやら私を避けているようです。秀雄も苦しんでいるとは思うのですが、プライドもあるだろうし、むずかしいところです。もし秀雄に会うことができたとしても果たして何をどう話すべきか、私自身も冷静にちゃんと秀雄と向き合えるのか、心配です。冬子さんの言うようにもう少し時間を置いた方がいいのかもしれません。気持ちの整理もあるだろうし。冬子さんに教えられてばかりです。

だいぶ涼しくなりました。身体には十分気をつけてください。

義父より

お義父さんへ

お元気ですか。昨日、近くの山に登ってきました。広大ないわし雲を背景に、あたり一面、ススキやコスモスが健気に揺れていました。

ところでお義父さん、「色なき風」という言葉を知っていますか？

様子は見えないけれど、確かに秋を感じさせる山野を吹く風のことを言うのだそうです。まさにその「色なき風」が吹いていたのです。先日図書館でこんな素敵なことが書いてある本を偶然見つけて、こんな風もあるのだとひとり感心していたのです。だから、昨日その風に吹かれたとき、あっ、これだと嬉しくなりました。私はとにかく人一倍好奇心が強くて、本を読むことが大好きなのです。知らない言葉を見つけたら、わくわくしてくるのです。お義父さんもよくご存じですよね。本当に自然って素晴らしいものですね。

その自然を観察し、研究する学者さんたちにも敬意を表したいです。私たちが生きている間に、一体どれほどの感動をもたらしてくれるのでしょう。それに比べれば私たちの抱えている悲しいことや辛いことなんて本当にちっぽけなものですよね。何もかも丸ごと包み込んでくれそうな、母なる大地です。その大地に抱かれて思いきり泣いて、思いきり笑って生きていきたいと思います。

冬子より

冬子さんへ

秋も深まり、そぞろにもの悲しい日々をすごしています。

あちこちで稲刈りの作業が行なわれ、裸の田んぼが目立つようになりました。燃えるような黄金色のじゅうたんがていねいに刈り取られていく様子を見ているのは少し淋しい気もします。豊作を喜ぶべきなのでしょうけれど。

裏庭の柿も日毎に色づき始めました。

私が丹精込めて育てている観賞用の菊の花は、今年はいつになく立派な出来映えです。白の大輪、黄色のしだれ菊、どちらも針金の具合がうまくできて、自信作です。コンテストに出してみようと張り切っています。

冬子さんにも早く見てもらいたいです。

義父より

お義父さんへ

お元気そうですね。

菊の花を世話している誇らしげなお義父さんの様子が目に浮かびます。今年はお義父さんの自慢の菊、見られなくて残念です。

今日はご報告をかねて、お便りします。

突然、秀雄さんが訪ねてきてくれました。あれだけいろいろなことがあったのに、この日を心待ちにしていた私がいるのです。自分でも驚いています。

私のアパートから歩いて十分ぐらいのところに小さな神社があるので、そこへ行こうということになりました。私の少し前を黙々と大股で歩く秀雄さんの後ろ姿は、やけに淋しそうでやつれて見えました。

秀雄さんに会うのは何カ月ぶりだろう。もう何年も会ってないような気もしました。何をどんなふうに話そうか、頭の中はぐるぐると渦巻いているというのに、昨夜食べたおまんじゅうはおいしかったな、などと、全然関係ないことが浮かんできたりして……再会を心待ちにしていた反面、この現実から一刻も早く逃げ出したかったのかもしれません。

嬉しいことにこの日は暖かくて、真っ青な空が見渡す限り見事に広がっていました。この青空が私を応援してくれていると思うと、心強くて妙に安心できました。

あまりの突然で、お賽銭も持たずに出てきてしまったとあとで気づいたのですが、とにかくふたり並んで掌を合わせてお参りだけはしました。おじぎをしたままで薄目を開けてそっと秀雄さんの方を覗き見ると、何やら真剣に拝んでいる姿がありました。一体何を拝んでいるんだろうと気にはなったのですが、私はただもうみんなが幸せになれますようにと、それだけを神様にお願いしました。

境内にふたり並んで腰かけて、穏やかに静かに時間が流れるのを感じていました。まるで遠い昔のふたりの時間を取り戻すかのように。秀雄さんは遠くの海をまぶしそうに黙ったまま眺めていました。

ただ、そうしているだけで何も言わなくても心が安らいでくるような、幸せな気分に包まれていくのがわかりました。同じ場所で、同じ景色に包まれて、同じ時間を共有できて、もう私は魔法にかかってしまったように素直な気持ちになっていく自分を感じていました。何か話さなくてはと焦るけれど、気持ちが言葉になりません。鳩を目で追っていると、海を見つめたまま、秀雄さんがポツリポツリ話し始めました。

「いいところだね。元気そうで安心した。いろいろ迷惑かけたけれど、言い訳はしない。冬子のことを忘れたことはなかった。今までのこと、冬子には許してもらえないかもしれないし、これからまだいろいろあると思う。俺なりに責任を取らなくちゃいけないこともたくさんある。けれど、もう何も隠さない。これが本当の俺の姿だ。今すぐにとは言わない。できれば冬子とやり直したい。だから戻ってきてほしい。一年でも二年でも冬子がその気になるまでずっと待っている」

それだけ言うと、さっさと帰ってしまいました。私はというと、ひと言も話せなかった。あれだけ言いたいことが山ほどあったというのに。

ひとりポツンと取り残されてしまった私は、同じ場所にずっと日が暮れるまで座っていました。

というわけで、なんだか頭の中も心の中もからっぽで、まるで抜け殻のようになってしまいましたので、今日はここまでで失礼します。

冬子より

冬子さんへ

秀雄が訪ねたとのことですが、私はまだ会っていません。

先日、マンションに行ってみたのですが、あいにく留守でした。

ただ、表札の由美さんの名前は消されていました。私はとやかく言えた義理ではないけれど、これだけは言わせてほしいのです。誰かに必要とされている自分というものをもっと大切に見つめてください。時には流されることも必要だ。でも、いずれは自分に返ってくる。人はどんなに強がってみたところで、決してひとりでは生きられない、と思います。誰かを必要とし、誰かに必要とされ、何かを求め、求められ、丸く温かく生きていきたいものです。そういう自分の居場所というのか心の拠りどころを求め築いていくように努力することも大切だと思います。

　決して秀雄の肩を持つわけではないのですが、あいつもあいつなりに苦しんでいると思います。もちろん、苦しんで当然なのですが。根はやさしい人間のはずです。でもそのやさしさ――いや、優柔不断さと言った方がいいのかもしれない――がこういう結果を生んでしまったのかもしれません。

ほんの少しのずれからとんでもない大きな過ちが生じるものです。人間の感情ほどやっかいなものはないですね。慎重すぎるのも考えものだし、かといってあまりに無謀なのも困ります。生きていくことは実にむずかしい。

冬子さんの言うように、みんなが幸せになれる日が一日も早く来るといいです。時が解決してくれることを焦らずに願うばかりです。

冬子さん、辛いことはありませんか。我慢しないで、どんなことでも私にぶつけてください。私に話したからといって解決するというような簡単なことではないのは十分にわかっていますが、少しでも冬子さんの支えになりたいのです。

義父より

遠慮や変な気づかいは絶対に禁物ですよ。

五、晩秋

お義父さんへ

秋も終わりに近づきました。

私が家を出て、八カ月もの月日が流れてしまいました。とても長い年月が過ぎ去ってしまったような気もしますが、つい二、三日前の出来事だったようにも思います。ここの生活にもすっかり馴染みました。郷に入っては郷に従えですね。

つい二、三日前の出来事といえば、秀雄さんが来たこと。神社の境内に座って一緒に海を眺めたこと、まるで映画のワンシーンのように未だに余韻が残っています。あれは夢ではなかったのですね。

何事もなかったら、きっと今頃は、裏庭でお義父さんと一緒に見事な菊を眺めていたのでしょうか。

そうだ、お義父さん、「小さい秋、小さい秋……」とよく口ずさんでいましたね。なつかしいです。最近は、童謡なんてあまり聞かなくなりました。いい歌がたくさんあるのに。

晩秋。私のいちばん好きな季節がやってきました。「もうすぐ冬だよ、早く家にお帰り」と、どこからともなく声が聞こえてきそうなこの季節。大気が澄んで遠くのものがはっきり見えて、音も澄んで、虫の声や遠くの鐘の音がよく聞こえる。この季節、感無量です。

特にこういう状況で迎えた今、かげろうのように消え入りそうな「今」という瞬間を大切にしたいとしみじみ思っています。

お義父さん、安心してください。私は元気です。少しずつ自分の気持ちも落ち着いてきました。もう少し時間をください。これからの私がどう歩いていくべきか、おぼろげながらも考えてみようと思います。

冬子より

冬子さんへ

秋の日はつるべ落とし、とはよく言ったものです。日に日に日が暮れるのが早くなっていきます。夕方になると、自然と足早になっています。

実は先日、秀雄がひょっこり帰ってきました。近いうちにマンションを引き払って、ここに戻りたいと言うのです。たいした荷物もないから、簡単なことです。

冬子さんに会いに行ったことも、ボソボソと話しておりました。

「父さんにも、冬子にもずいぶんと辛い思いをさせてしまった。亡くなった母さんのためにも一から出直してみようと思う。自分勝手でわがままなことはよくわかっている。でもこれからの俺を見てほしい。父さんにも応援してほしい。お願いします」

と、私に向かって深々と頭を下げたのですよ。

由美さんもいいなずけの方と無事結婚し、秀雄もけじめとして彼女のご両親に会ってきたそうです。冬子さんのことを気にしていらしたそうです。由美さんにも夏美ちゃんにも幸せになってほしいものです。

人はくねくねと回り道をしながらも、本当の幸せに辿りつくものだと思います。もちろん、回り道がとてつもなく険しい人もいるだろうし、全くない人もいるだろうし。

人生というものは、不思議なものです。

義父より

お義父さんへ

悲しいことが起こりました。

あれほど平和で穏やかな日常をすごしていたのに、どうしてこんなことが……と思っています。

友蔵さんが亡くなったのです。なんの前触れもなく、ふっとろうそくの火が消えるように。実にあっけないものでした。心筋梗塞という、それこそ突然の病気です。六十一歳の若さで急にみんなの前から姿を消してしまいました。一生懸命生きてきた人が、こんなにも簡単に死んでしまうものなのでしょうか。

いつものように、朝の漁から帰ってきて、突然発作を起こし、救急車の中で息を引き取ったそうです。あんなに元気だったのに。今でも信じられません。わずかの間しか苦しまなかったということが、せめてもの救いです。春恵さんと健太さんが見守る中で眠るように亡くなったということです。

友蔵さんは、思い残すことがたくさんあったと思います。ふたりの孫の成長をもっともっと見届けたかったことでしょう。本当に残念です。こんなことになるのなら、海の話をもっともっと聞いておけばよかった……。

友蔵さんはきっと、海に生まれ、海に生き、海に帰っていったのでしょう。

お義父さんも、どうかお身体だけは大切に。

冬子より

冬子さんへ

人間の死というものを目の当たりにしたことが何度もある私は、多少の免疫はできているつもりです。でもやはり、悲しいものです。身近な人の死は、なおさらのことです。

妻に先立たれたときは、ただ放心状態で何も手につきませんでした。心にポッカリ穴があいてしまったような、なんとも言えない状態で、とにかく身体だけは動かそうと自分を奮い立たせていました。

亡くなった人が成仏できるようにするのが、残された者のせめてもの務めだと思ったからです。

あれからもう、二十年近くもたってしまいました。つい昨日のことのように鮮明に覚えています。人間の寿命などわからない、だからこそ、今を精一杯、悔いのないように生きていきたいものです。

遠くの空から、友蔵さんのご冥福を祈ります。

義父より

お義父さんへ

お便りありがとうございました。

友蔵さんの初七日の供養も無事に終わり、やっと落ち着きました。私の喪服はそちらへ置いたままなので何かと大変でした。町まで黒い服と黒い靴を買いに出かけたり、広海くんと望海ちゃんのお守りをしたりと、忙しさにかまけ、くよくよしている暇がなかったことが、かえってよかったみたいです。

漁も休み、健太さんもいろいろと大変そうです。私にはよくわかりませんが、組合や役場を走り回っています。

友蔵さんの存在がいかに大きなものだったのか、みんなしみじみと感じているようです。ひょっこり健太丸の中から出てきそうな気もします。

由美さんのご両親が訪ねてきたことは依子さんに話したのですが、秀雄さんが来たことは打ち明けていません。自分の気持ちの整理がつくまではひとりで考えようと決めました。いつまでも弱音を吐いてはいけない、強くなろうと決心したのです。どうやら友蔵さんの突然の死が、私に大きな勇気を与えてくれたようです。

今、家を出たときのことを思い出しています。秀雄さんが出ていってしまって、しばらくはお義父さんとふたりきりの共同生活でしたね。何かと気をつかってくれるお義父さんに、ずいぶんと酷い態度をとってしまいました。お義父さんにやさしくされると悲しくて、わざと無視したり、どうしても素直になれなくて……。

今思えば本当に恥ずかしくなってきます。いろいろごめんなさい。あのときの私は、大人気ない子供でした。

　家を出ようと決心したこと。それをお義父さんに反対されたこと。決心が鈍るからとお義父さんの留守の間にそっと家を出たこと、私なりの覚悟はできていたつもりでしたけれど、それは大変でした。自分でもよくやったものだと驚いています。

　あのときの私があって、今の私があるのです。だからひとりでだいじょうぶ……と言い切りたいところですが、強がってみても、まだ弱いところのたくさんある私です。お義父さん、私のこと心の中で支えていてくださいね。

　さて、思い出に浸っている場合ではありません。一連の行事がひととおり終わり、ふと気がついたのですが、健太さんの家族の中に、どうやら私はすっかり入り込んでしまったようです。時々、まるで昔からずっと一緒に暮らしていたかのような錯覚にとらわれることもあります。友蔵さんの葬儀の間も、いろいろとお手伝いすることができました。こういう自分に驚くと同時に、嬉しくもあります。

いつまでもこんな生活は続けられない、いつの日か、別れが来るであろうことはわかっているのですが、そういうことをあえて考えないようにしているのも事実です。とにかく、この一家からは、大切なものをたくさん与えられ、感謝するばかりです。

私は幸せです。

朝晩、だいぶん肌寒さを感じるようになりました。風邪などひかれていませんか？　どうかお元気で。

冬子より

冬子さんへ

私は風邪もひかず、元気です。それより冬子さん、無理はしていませんか？　秀雄のこと、そして友蔵さんのこと、本当にいろいろあったので、心身ともに疲れてはいないかと心配しています。ちゃんと食べているのだろうか、夜はぐっすり眠れているのだろうかと、あれこれ気になっています。

どうか自分を大切にしてほしい。自分の居場所があるということは確かに幸せなことですが、無理をしないように。

友蔵さんも冬子さんにこんな慕われて、幸せだったことでしょう。

私も、たくましい海の男、友蔵さんに一度会ってみたかったと思います。

義父より

お義父さんへ

今日は、一日中どこへも出ていかず部屋にこもっていました。

いろいろなことがあり、バタバタと日常に追われ、ここのところゆっくり空を見上げる暇もなかったことに気づきました。

ふと気がつくと、山々の緑はいつの間にか鮮やかな赤や黄色に変わっています。寒いのも忘れて、部屋中の窓を思いっきり開け放し、晩秋の風を胸いっぱいに吸い込みました。しばらく忘れかけていた自然と一体になれたようで、新鮮な気持ちになりました。

そして、急にこんな詩のような言葉が浮かんできて、ノートに書き留めました。

私の前をまるで風のように通りすぎた人を思います
私も風になりたい
風になってあなたの前を通りすぎたい
あの空に浮かぶ白い雲になりたい
白い雲になってあなたのことをずっと思っていたい
ずっと見つめていたい

ぼんやりと自然を眺めていられたら、本当に幸せです。何もいらない。

この幸せを、言葉以外にも、何かの形にして残したいと思いつき、いても立ってもいられなくなってきました。どうしたらいいのだろう?

そこで考えたのは、この風景を絵にして残そうということです。そう、スケッチです。大学ノートはたくさんあります。色鉛筆もあります。えっ、私が描いたらせっかくの景色がだいなしだって?

今度、お義父さんに会う頃までには少しでも上手になってみせます。期待していてください。

絵の上手な人がうらやましいです。今度生まれ変われるとしたら、ピカソかゴッホのような天才でありますように。

でも、ひとつ残念なことがあります。気持ちは言葉にして表現できるし、風景はノートに描き留めておけるけれど、音は絵にできません。山の声、海の声……ちょっと耳を澄ませば本当にいろんな音が聞こえてくるのに。残念です。

何から何までそんなにうまくいきませんよね。欲ばりすぎるのも困りものです。ここはまあ、妥協しておきましょう。
今度、うまく描けたら、手紙と一緒にスケッチも同封します。楽しみにしていてくださいね。

冬子より

六、冬

冬子さんへ

すっかり寒くなりましたが、元気でやっています。冬子さんの絵、楽しみです。

秀雄にも聞きましたが、冬子さんの住んでいる村は、本当にいいところだそうですね。私も一度行ってみたいものです。

でも、冬子さん、ここもいいところです。忘れてはいませんよね？どこにいても、同じ時間が流れている。当然といえば当然のことですが、不思議な気もします。

実は、先週の日曜日に秀雄が帰ってきました。ひとりでいるよりはましのように思いますが、男ふたりの生活というのも殺風景で味気ないものです。食事時も、会話が全然弾みません。毎日、仕事の帰りに閉店前のスーパーに寄って、出来合いの惣菜を買ってきて、ふたりでボソボソと食べている。洗濯ものは週末にまとめてやっている。こういう侘しい生活です。冬子さん、想像してみてください。これから寒い冬に向かって、また三人で温かな食卓を囲みたい……などと勝手に思ってしまいます。

義父より

お義父さんへ

冬の夜空が、とてもきれいです。

昨夜、健太さんと依子さんの家で夕飯をごちそうになりました。その帰りに何気なく空を見上げると、冬の夜空の王様、オリオン座がはっきりと見えました。

堂々と輝いている様子に寒さも忘れて、思わず見とれてしまいました。ああ、もう冬なんだと改めて感慨にふけってしまって……。こうして私たちが日々の忙しさにかまけてしまっている間にも、ちゃんと穏やかに季節は巡っているのですね。自然界はエライと感動してしまいます。

私はどうかするとすぐ感動したり、泣いたり、笑ったり……それだけ単純なのでしょうか。

実は、健太さんと依子さんに相談をもちかけられたのです。

父親の友蔵さんが亡くなったので、お母さんに今すぐでなくても、そのうち一緒に暮らさないかと話をしたそうです。ところが、お母さんはどうしてもいやだ、と言い張って、そのうち泣き出してしまったそうです。健太さんは「親父が突然死んだばかりで、こんなことを言うのはまだ早すぎたか」と後悔しているし、依子さんは依子さんで、「私と一緒に暮らすのがいやなのかしら」と気に病んでいる様子です。

亮太くんは「おふくろの好きなようにさせてやれよ。身体もまだだじょうぶなんだし」、と素っ気ないのだとか。依子さんとの関係を知っている私は、複雑な気持ちで、なんと言ってあげたらいいのかわかりませんでした。

お義父さん、一見平和そうに見えて、どこの家にも問題はあるのですね。

「冬子さん、どうだろう、空いている部屋があるから、今のアパート引き払っておふくろのところで、しばらく一緒に暮らすっていうのは？　冬子さんもアパート代が浮くだろうし。そばにいてくれたら、ありがたいんだけど。いや、いきなりぶしつけなお願いであることはわかっている。無理にとは言わないよ。考えてみてくれないかな」

健太さんが実家を出た後、その二階の部屋を貸し部屋にしていたこともあるそうです。そこで私が暮らしてはどうかという話なのです。

健太さんの熱心な説得に、横にいた依子さんもしきりにうなずいていました。赤の他人の私をそこまで信頼してくれるなんて、ありがたくて嬉しくて、言葉にならず、とにかく「うん、わかった、考えてみる」とだけ言って帰ってきました。

大好きな場所で、大好きな人たちに囲まれて生きていく、こんな素晴らしいことってありますか。

アパートへ帰る道すがら、おいしい寄せ鍋をごちそうになった満足感と同時に、健太さんの家族のこと、そしてお義父さんたちのこと、さまざまなことが頭の中をぐるぐると渦巻いていました。

そして、ふと夜空を見上げると、オリオン座がきらめいていたのです。お義父さん、私は迷っています。ああ、どうしたらいいのでしょう。

冬子より

冬子さんへ

冬の夜空、確かに美しいですね。

ついこの間までは、北の夜空を見上げるとカシオペア座、アンドロメダ座と、まるで母娘が競い合うように美しく輝いていました。この星座もいつの間にか影が薄くなって、今では冬子さんの言うように、オリオン座が、俺様がいちばんだと言わんばかりに光っていますね。星の世界でも人間界と同じように争いは絶えないようです。

以前、冬子さんに教えられてギリシア神話なるものを少しはかじってみました。しかし、冬子さんもよく知っているように、私はロマンのない男です。読み始めると、すぐに眠くなってしまい、音をあげてしまいました。

宇宙は広い。夜空は果てしなく美しい。特に冬の夜空は最高だ。それだけわかれば十分だと思ってしまうのです。

話は変わりますが、冬子さんの迷っている気持ち、よくわかります。私が冬子さんの立場なら果たしてどうするだろう。むずかしいです。あまり考えすぎても余計迷ってしまいます。

決めるのは冬子さん自身です。焦らずじっくり時間をかけて考えてください。

私はもちろん戻ってきてほしい。秀雄も同じ気持ちのはずです。

義父より

お義父さんへ

今日で十一月が終わります。明日から師走、早いものです。お義父さんも知っているように、明日は私の誕生日、いよいよ三十代です。一日早いけれど、今日は町まで出てケーキを買ってきました。私の大好きなチョコレートケーキです。ひとつだけ買うのはあまりにも淋しいのでお義父さんの好きなモンブランもひとつ買いました。小さな黄色のろうそくを一本おまけしてもらいました。

今、ひとりきりで誕生会をしています。こんなに複雑な心境で迎える誕生日は生まれて初めてです。いろいろ考えました。本当に考えました。お義父さん、私の旅は、そろそろ終わりにしようと思います。運を天に任せてみようかと思います。三十歳記念の大きな賭けです。私の新たなる旅立ちです。

いろんな場所で、いろんな人と出会い、口では言い表わせないほどたくさんのものをもらいました。これ以上望むとバチが当たりそうです。私を見守ってくれた人たちに感謝です。

そして、何より私をずっと支えてくれたお義父さんに感謝します。

こんなふうに思えるようになったのも、お義父さんとこうして手紙のやり取りをしていたからでしょう。面と向かっては言えないことが、手紙だと素直に言えました。これからは、どんなことが待ち受けようと強くたくましく生きていけそうです。

ここを発つと決まったら、電話をかけます。明日、朝いちばんに空を見上げて雲ひとつない晴天であったなら、家に帰ります。

海から吹いてくる風の声が聞こえてきます。

今夜はその風の声に包まれて、ひとりで眠ります。

お義父さん、おやすみなさい。

そして、ありがとう。

冬子より

著者プロフィール

速水 峰子（はやみず みねこ）

1953年　岡山市に生まれる。
関西大学文学部哲学科卒業。
獅子座生まれ、血液型Ｂ型。
和歌山県在住。

風の詩《うた》

2003年３月15日　初版第１刷発行

著　者　速水 峰子
発行者　瓜谷 綱延
発行所　株式会社文芸社
〒160-0022　東京都新宿区新宿１－10－１
電話　03-5369-3060（編集）
03-5369-2299（販売）
振替　00190-8-728265

印刷所　株式会社平河工業社

ISBN4-8355-5375-6 C0093